JN142460

詩集

時刻《とき》の帷《とばり》

鳥巣郁美

コールサック社

詩集

時刻《とき》の帷《とばり》

目次

詩集

時刻《とき》の帷《とばり》

鳥巣郁美

日暮れの帷《とばり》

夜がくる
しずかに降ってやってくる
落とした心の
地がいくつかの重みを受けとめる時
薄闇がしだいにその色を深める

いくつの生をなぞっていたろう
闇に沈んだひとつひとつ
胸内に湛《たた》えた量感の
ふと往き過ぎた人々の

振り落とした思惟の片鱗

生を短く刻んで
人は途方もない距離を乗せる
その瞬時を無数にこぼした
人の歩みの不可思議が積もる
日暮れの径は呼びとった生の心を敷きつめている

誰も誰も黙して向かい立つ
薄闇の包むひととき
いつか踏み越えた位置から
闇を背負ったままに
ほの見える光の下に吸いとられてゆく

踏み音たてていた生の

片足をふと預けて
とりまく薄暮のむこうを透かす
足早に積もる闇の無数を湛えて
ひとつの心を連れ去ってゆく日暮の帷《とばり》

夜更けの道

眠りを遡《さかのぼ》っている
しんと沈む夜の道である
凝らした想いが幾つかたむろする夜更け
ひらひらとしたいちまいが
疑念の如き紙片が舞い上がってゆく
何故の生　何故の生きざま
不明のままに過ぎ越し歩んで
もはや霧散し去った幾日か

生とは　個の位置とは

手探って過ぎ越した　それら日月
重さ持つひとつを抱えた記憶
行き過ぎてなお　今更の如く
解き得ぬ疑念を繙《ひもと》いてゆく日
更になお遡っているその夜更け
向かい視る　灯るともない光の辺り
あてどなくさまよい踏んだかすかな窓辺

生の心の重ねとるかなしみの
分かたぬ道を往く日の
不確かに指し示すそれは定めであったか
とどめ得ぬその揺れ幅の
抱え持つ余震のような計りとれぬ歩足の行方
被りとる成り行きを秘かに繙いていた
道の向こうに灯す生の後先《あとさき》
含み沈む　滲《にじ》みの幅を掬《すく》い引き寄せている

首傾けて

無数の何故がある
絡みあう世の何故がある
星空に潜む何故がある
背負うた不可解をそのままに
アリは突然に訪れ
繙《ひもと》けない何故に丸ごと呑みこまれてゆく

誰も誰も自らの何故を小脇に抱えて
首傾けた歩みのままに
ましぐらな底見えぬ生命《いのち》を共連れて

刻み去る時間の襞《ひだ》を点綴《てんてい》しながら
定めのように織りとった出遇いのいくつか
それら一本の果て淡い道筋を辿る

何故を連れて川が流れる
いつか訪れる命の終り
添い進む川畔のひととき
人影は更になお不可思議を抱えて
佇ちつくす脆《もろ》い縁際で
放ち去る濃い時間のいくつかを点綴している

限界《かぎり》ある夜に

ある日の世界をそこに見ている
生き様を見ている
立ち竦《すく》みためらい持つ歩足の在処《ありか》
揺らぐ心を覗《のぞ》き視ている
こぼれ去ったいくつかの
未だ支え残した心の
とりまいたほの暗い時間をさまよってゆく

生のはずれで咬み合う時刻《とき》の
弛《ゆる》みを措《お》いて背を伸ばす確かな首筋がある

深み加わる幾夜かの淵に
ひとつの体が運びこむ不可思議
生は何処で熟成されたか

ストンと音する程にすばやい日月
無数の問いもまた弛みこぼれる
数え踏んだ折節のかすかな証の
それら定かならぬいくつかの行方の
秘かな納得を引き寄せている

限りある生の行く手の
纏《まと》めて背負う負荷の重みの
阻まれ残った節々のふいの訪れ
帷の内でしずかに宥《なだ》めた
不確かな運命《さだめ》が時を告げる

積み上がる階《きざはし》に怯む心の
身を襲う不測の不意を凝視《みつ》めるばかりである

彫像

開いたその日にはそれは余りに遠いから
許されない夢
しずかにつむって　仰向いた空に
やがて描かれるはるかな点景
逆立ち昇る心の影像
はかない記憶をかきたてる
ひそかな外殻

そこには忘れられた彫像があった
幾千の日　暮れた水に洗われつくした

それらつきつめた姿
眠らない脳裡に
それが帰ってくることがありはしないか
誰にも告げずやってきて
いきなり忍び込んでいるような
その日の秘め手探った愕《おどろ》きを
用意された偶然を
受けとめる日のために
おまえはいま仰向いて
それら遠い視線に耐えていると
かすかな呟きで告げるがよい

やはり今敷き延びる記憶の上で
落穂拾いを始めるのだと
告げ終った時の見開かれる目に

余りにも深い空の意味が分かるように
その目に食い入った
やわらかい情熱
持ち重る惑いの記憶
鎮《しず》め残る憧憬の高鳴り
いつか聞いた暮の鐘のように
身の内に触れめぐる響き

誘うものは

開き初める花弁　重ね合う翅《はね》
眠りを措《お》いた瞼《まぶた》は
ざわめきの幾つかを掬う

延び次ぐ視野で昇る淀みの諸々《もろもろ》
燃え残る炎を抱えて
とり巻いた触手の林に向かう

未知を抱える目覚めの時刻
彷徨《さまよい》の道筋にひしめき潜む

無数にこぼし残る生の弾み
足裏を打つおののき幾つ

並び立つ樹や草々　交わし視る鳥々の飛跡
呼吸《いき》するものの精緻な機微の
在ることのシグナル放つ重み幾つ
秘め持つ定めの生の形態《かたち》が呼ばわり弾む

朝明けの一刻《とき》

静かに往く時刻《とき》を受けとっている
初秋の朝の一刻
共々に漂う生の空域
往き爲《な》す生命《いのち》の定めとる座
臨み晉《すす》む生命《いのち》の空域

辿りとる歩足独つ
心含む自《みずか》らの立ち位置だったか
晉み流れる生独つ
踏み定まる己が期の径《みち》

夫々《それぞれ》の引き寄せ歩む空域の往く手
還り歩んで眺めとる生命《いのち》の径《みち》の
放ち晋んだ蒼空《そら》への航路
無限を呼びとる生成の径
何処に届く　生命《いのち》であったか
生の間の凹凸《おうとつ》夫々

猶《なお》晋み往く　径往き幾つ
共々に歩み呼びとる生の果て独つ
祈り　晋みとる天空の域
無数に往き爲す生の径往き
生命《いのち》夫々も泳ぎ爲す空域であったか

叫び籠る鮮明な意志《こころ》の

径の無数を摑《つか》み運ぶ心意《こころ》の在り処《か》
仰ぎ覗む天空独つ
地を踏む生の心意《こころ》の域の
呼びとる生は猶敷き延びて往ったが

いちまいの午後

沖を渡る風があった
ひらひらと舞い込んで
重ねあう話題のいくつか
弔いと華やぎの交錯してゆく
いくつかの夜が往き
溝に沈む思いを引き寄せていた

在るという偶然の放つシグナルのいくつか
生のかなしみを添い残して
縺《もつ》れる艫《とも》綱の辺り

ゆき停まる地の外れで
引き寄せた心の淵に
諸々の溜息もまた居並んでいた

ゆくりない時の歩幅を数えて
誘われてゆく終《つい》の棲家《すみか》の
途方もない出口の在りか
点《とも》り残る心底の灯は奈辺に落ちたか
生の所在の　ふいに畢《おわ》る無数の軌跡に
横這うおののきもまた踏みとる午後のひととき

足踏む時刻

足踏みする生を視ている
炎を共連れたいくつかの心を視ている
ひやひやと揺れ騒ぐ無数の足音
踏み込むそのひと時を聴きとっている

無防備な庭面の
対峙する定かでない所在の
いつか潜んでいた不穏の足音
ふいと駆け騒ぐ跳梁の響き

行方定めぬ心底の旅路を
埋めつくしてなお虚を運ぶ道行
奈辺《なへん》であったか　立ち竦んだ陥穽《かんせい》の在りか
踏みとって定まるひと日の位置の
分け持った生の行く手に穿《うが》たれていた罠

指呼《しこ》した尖《さき》遠く共連れる生もまた
夫々に心定めて立ち上がったその日
飛翔した空の真中で
更になお繙《ひもと》き呼んだ地に霞む蹌踉《そうろう》の歩み
果て見せぬ更なる道行を手探ってゆく午後

綾なした日が

落ちてゆくいちまいの言伝
生成の秘話を置き去った緋《ひ》の色も黄も
極め了《おわ》る生を語って
なべての枯れ々々の地上に
絨緞《じゅうたん》となって重なってゆく

往く風にかさりと音たてる
過ぎこした離葉の節理の幾枚か
数え踏む剝奪の哀切を見上げる瞳に
幹も枝先も虚ろに立ち上がっている

寄せ積んだ葉色の
立ち昇る一閃の炎の
ゆらゆらと往き霧散する煙
綾なした幾日かがずしりと炎の中に揺れ
秋色は層となって焚きしめられる

いくつものいちまいの記憶の
生きざまを吸いとって昇る炎の在りか
煙となって霧散してゆくひとつびとつ
時の間の生の跡かたを秘かに映し視ている

塀外を往く日

めぐりとる塀外を往く
鎮まり建つ一角
徴《しるし》見せる鈍色の染み跡を残して
今も息づく起伏が其処に往き交っているか
顕われ消える夫々　時の間の泡沫《うたかた》
残像幾つその径に在ったか

永い日を沈めて
奈落や諸々の残灰をこぼした
惟《おも》いのとりどり　掟《おきて》夫々が籠り掠《かす》めた生幾つ

風の鳴る午後の陽を享《う》け
山茶花《さざんか》の花弁がひらりと落ちる
窪みに影見せる蹲《つくばい》の石型辺り
含み持つ古《いにしえ》のその彩色《いろ》
副《そ》い残す悦びも　心震える悲しみも亦《また》
共々に退き沁む晩秋のひと吹き

秋冷

撓《たわ》みを残した山茶花の白い花弁がこぼれかかる　ゆるりと射す陽のなか　或る日の一輪のたおやかな震えの　墜ち敷く刻《とき》を共にしているひやひやとくる庭面の　現在《いま》を識《しる》して見え隠れする更なる一枚の容《かたち》爲すかそけさ　波打つひとひらが刻《とき》を徴《しる》す一《ひと》枝の　残り極まる生の息づき　現在《いま》を陽に透くその在所《ありか》　共々に享《う》けてゆく午後　心含む如くゆるやかに姿爲し　顕れ視せる生の終始

現在《いま》を見定める如き秋冷に　命の丈を共々に残した　目の内にも刻んで佇《た》ち対《むか》う　定めない一刻《ひととき》を往かせて　かすかに震える生の片鱗を吸い寄せる如く見定め蔵《しま》う姿態《すがた》の諸々　現在《いま》の目前の時の間を　閑《しず》

かに心の内にも引き寄せる　秘かな一瞬　謳歌の如き共々に満ちてゆくその内容《うちら》の　絶え間ない往復《ゆきかえり》が時を埋める　注ぎつくしてなお語らい繋ぐ心の道行　こぼれ残り位置した華やぎ　往き復《かえ》るひと日の底の
極まる刻を引き寄せ　共々に傾き残る午後であった

透かし視たのは

ゆらゆらと渡る蝶の行方に流れるものは
時間のかけらであったか
ある日を活きた姿の諸々
いくつもの人型や像《かたち》成す獣
降り積もる木の葉の幾枚もまた
刻みとる骨太の営みに添い消え去った

灯し型どってゆく生の歩みの
数え踏んだひとつびとつの
成し秘した瞬時の無数が浮き沈んでいる

ほのぼのと明るむ時刻を引き寄せ
像《かたち》成して棲みとる者の幾日か
降り積もる巷にしばし響かせた祭りの心

湧き起り競い馳せる生成の
ふつふつと漲《みなぎ》り弾む絆の
走り充たした歩みの内部《うちら》を
生の炎が駆け抜けている
幾重にも摑みとる夫々の姿態《すがた》の
跡づけ含む心の　印象《しるし》の弾む経路《みち》の幾つか

不明のままに成し消える営みの無数が
放ち去る名残の生の
積みなした無数の一瞬の終の日を
折り込み録《しる》すその折節を繙《ひもと》いてゆく

踏みとった諸々の行方で弾み残る震え
独りの胸内《うち》にそれは雪片の像《かたち》して降り込んでゆくか

痕跡

降ってゆく遍歴の厚みは
心底に結ばれた雪の形で取り出されてくる
ひとつのかけらの
古寂びた遠い日の
降りしきった心の襞の数々をめくって
誘いこぼした涙腺の退き跡までも探って
いくつかの証を繙《ひもと》いている

生は奈辺にあったか
足跡は何処を辿っていたか

返り視る日の
白い脳壁に描くその道筋
晒し戻してなお
いくつかの痕跡を証し視ている
悼みであったか　生故の拘《こだわ》り
振り分けてゆく日常《ひごろ》の時刻《とき》の
含み持ちとり巻く生成の足許《あしもと》
歩み残して
俯瞰《ふかん》した歩幅を図りとっていた
ひと日の進路の
道行は如何程を伸ばし得たろう

何処かで終末を読んだ時刻
手探るように引き寄せてゆく一本の路程の
届き持った　たわいない説話

奈辺であったか戸惑う心の襞《ひだ》を
一挙に摑んで真直ぐにぶつける
標的となって誘うかすかな足跡
掬い残した生のそれら揺れ騒ぐ道行

弥生三月

　踏みとる地の硬ばりを弾いてゆく意志のひとつ　大気の柱が上向く生を揺すり戻して　自ずと定まる地平はその営みを告げる　識《しる》した一点の弾みが時間の一隅を震わせていた　地殻に含みもつ生の鼓動の促しを饗《う》けて萌える時刻の　共々に晋《すす》む歩み　それら無数の弾みの籠る稚い萌色もまた　朝の道で息弾ませていた　装い新しい幼な子と共に　現在《いま》をこぼち歩んだ

　ひやりと降りる大気の包んだ草々の　幼芯の辺り　未だ潜む新髄の僅かな震えが　重い空に呼応していた　それら素枯れた庭面の一隅の微かな萌色　空は陽差しを戻して　ひたと上向く新葉の兆しを包む

冬日の底の　過ぎ越した空への無数の希求を秘め持って　意志持つ如く　荒れた土肌を這い伸びる幾筋か　其処此処で露われ見えて　やがて揃い立つ葉片の　かすかな兆しを受けとめてゆく

豪快な桜花に

枝先までも花塊に埋もれる
桜樹の降りこぼす一枚の花弁
幾日か風晒《さら》す夜半を揺れ戻した
巨大な枝々が中空に在る

群なす花塊のいくつか
いちどきに放つ饗宴の
意志持つ如く中空に伸び亙《わた》る枝先の
いちめんの静寂を目に籠らせている

春を成すひたすらな惟《おも》いであったか
振りこぼす如き枝先の花塊の
確かさを結んで横並ぶ日
ひとときを極める生の姿を含み視ている

開いた空に生きざま告げて
忽然と顕われ視せる華冠から
宙空を舞い降りる定めないひとひらがある
時経たず辿り踏むなべての一枚

内向かう人の径にもこぼれ華やいだ
根太く揺るぎない桜樹の
注ぎ傾く陽に輝かに定まる花の生きざま
ふいの欠落を含んでなおずしりと据わる

*

対話の時刻《とき》

生の在りかを包んだ
それは谷底であったか
頂であったか
いまも遠のいてゆく未知の宙空を手探り
限りもつ世界に穿《うが》つ距離の行方
悲しみの奥行もそこに探りとっていたか

空の擁《よう》した谷の深さの
救いようのない亀裂を呑んだ
未だ癒えぬ痛みを撫でる

微かな風を往かせて
分かたぬ距離を垣間見せたその
途方もない呼び声の行方

あどけない幼な子の心を添い連れ
共々に探る数えきれぬ飛距離の
抱きとった持ち重る生の錘を
はたまた行き停まる部屋隅の
襞持つ心を踏んだ
分かたぬ行方を引き寄せている

測りかねる重みであった
底知らぬ谷底を共連れる或る日の
仰ぎ見た空の向こう
不分明だけを呼びとるような

臨み視る亀裂の嵩の
激しい揺さぶりをかき分けている

距離を掬って
辿れぬ飛行の彼方を掬って
見えない生の足音を拾う
舞い上がる心を跡づけて
吸いとられていた足音の行方
刻んだ生の痕跡は何処に在ったか

空しい呼び声を放ち了る
それら道行を繙《ひもと》いてゆく
重ねた心がひらひらと之《ゆ》く日
落とした影を踏みとっていたのは
形容《かたち》なした姿であったか跳び募る惟《おも》いであったか

墜ちのびた生の抱える坩堝《るつぼ》の呼び声

渚に立つ日

鎮まるひと日を蓄えていたのか
渚の一端に立ち
打ち寄せる一線を見ている
湧き起る心を堕として
更になおこぼれるものを
引き続く膨大な海に流した

どよめく胸内に耳傾けた日
しんと積もりつくして佇つ者も
海もまたその激しさを重ね秘し

いつか渚の限りに打ち寄せ放つ
ふいと摑みとる海の呼び声
見分けぬ行方にひたと据わる底知れぬ海底

深々と湛《たた》え積む　尖《さき》見えぬ海水《みず》の連なり
不明の行方になお送り届けた
諸々を聞きとる生の姿は奈辺にあったか
延び亘《わた》る地平の　向きあった無音の行方に
姿見ぬ心眼を沈めた
限り分たぬ遠い曲線を辿る

渚に跡引く生成の足音
ひしめくものの無数が
こぼし積む砂礫《されき》に紛れて
滴《したた》り落ち伸びていた心の行方

積み沈む海原をかき分けて進んだ
揺さぶり騒ぐ波の間の心眼を探る

引き寄せた己が姿の跡曳《ひ》く翳り
ゆくりない想いが胸襞を点綴《てんてい》してゆく
激しく高鳴る独りが
海水《みず》と共に揺れる
こぼれ放つ生が揺れる
繰返す渚の波音だけが頭上を包む

途方もなく拓き積む海の
渚を往く心を含んで
いまも無限を引き寄せている生
それは閉ざすものであったか
限り示す広がりへの想いだったか

ゆくりない時の最中にふいと立ち停まる胸内の性《さが》

戦火をくぐるということ

戦後70年を経た現在《いま》も記憶に在る、街殆《ほとん》どの焼失。空襲予告のサイレンの生々しさも亦。否応の無い、切迫した感覚の当時が、ふと過《よぎ》ったりする。終戦の年の七月始めの夜半、瀬戸内の小都市だった街は、殆どが壊滅する空爆を受けた。焼野原と化して燻り続ける翌朝の、一望の視野。爲す術の無い変貌の無惨が其処に在った。空襲の凄まじさを視せるその傷跡。街は一夜にして容《かたち》を失っていた。脈絡を越えるその状景の、理不尽の極みに、唯呆然と立ち竦むばかりであった。失う事の慟哭。生の立ち位置迄も揺るがす、変貌の現実。身独つの場を求め、防空壕を出て、否応なく移り惑う住人達。〝未だ生きている〟それ丈を支えに逃れ散った、惟《おも》いの深さだけが街の表《おもて》を横切ってゆく。

息を呑み、散り潜んだ幾人もの姿。殆どをひと呑みにする空襲の無惨。生きた心地も無い、硝煙からの逃避行。その夜更けの惨劇に、拠点を失い、惑い歩む人々の、心の落ち着く場所は何処にも無い。仮の心の往き交う、戦禍の後の幾日か。刻みとった酷《むご》さの前で、生きるという基本にだけ縋《すが》る惟《おも》いで、彷徨《さまよ》い辿っていた人々。辛うじて保つ生の極限の、背負う昏さの、空しさに襲われ歩んでいた幾日か。その途次で絶命していた幾人か。遺体に掛かる筵《むしろ》から、足を覗かせて、夏の陽の中に居並ぶ姿が、其処此処《そここ》に在った。遺骸の列を、脈絡もつかず茫然と眺めて、往き過ぎる人。構えた心をも打ちのめすその無惨。生きて在る。それ丈《だけ》を據《よ》り所として、廃材を拾い組み、辛うじて凌ぎ防いだ雨露。跡曳いてゆく、夜更けの空爆の凄まじさであった。

戦いの真中に在るという、含みとる状況の極限に震える心のままに、惑い逃れるしか無い一夜、ともかくも逃れ散り、惨状の真中を歩みとった住人の総て、募りくる切迫の惟い。打ちのめされて目にする、姿を失った街跡。生きた心地も無く手探る逃避行の、繋がりつかぬ目前の惨事。空白の心のままに、生存の基本にだけ縋り逃れ、潜み耐えるしか無かった街人。纏《まと》いつく極限の昏さを背負い、逃れ散った心中の、脈絡のつきかねる不安の日々は、秘め持つ気丈な心構えをも、打ちのめす成り行きとなってゆく。住処《すみか》の消えた、形態《かたち》の無い街。不条理の極限が其処に在った。

仁川《にがわ》に沿う日

陵線の際立つ夕べ
入り日に映えて昏く沈む
ビルの遮る山波を伸ばし視ている
程近く据わる甲山も共に
翳りもつ山肌はひと日の移ろいを見せる
空を限りとる山の姿の
籠り残す心と共に川畔を歩む

街並を俯瞰しながら
囲いとる視座に点在していた

人の抱える空洞も共々に吸い寄せる山肌
その巨大な屏風の
埋めつくした樹々の
時を踏み越えて峙《た》つ山波の
懐の内らに川は穿《うが》たれている

ある日山波を越える
山肌の抱える流転の生を越える
雨後流れのひと筋を持つ涸川《かれがわ》の
かりそめに似た川の姿を愛しむ街人
しばしを弾み根づく川中の草々共々に
穿ち残した川幅の悠久を身の内に呼び
黙々と歩む後姿が遠のいてゆく

山並白く

ずいと展く冬枯れた野面《のづら》の果てに
白雪の峰々が立ち上がっている
北陸をひた走る雷鳥号に副《そ》い
山並は心眼を持つ如く
皚々《がいがい》と続いてそこに在る

俯瞰する視野のすべて
波浪の荒ぶ断崖も
ゆき戻る人のうつむく姿も
山棲みのこわばる生きもの達も

並び立つ樹木のざわめきまでも見届けていた

様変えて立ち替ってゆく杜や巷の
しぶとく紡ぎとる営みの底深く
謳い継ぐ生命《いのち》の炎の
日毎這い昇る気流に託した無音の希いも
とりまき越える白雲の自在をも見送っていた

荒《すさ》び騒ぐ風を衝いて据わる
山容は列島の真中で眼光を放つ
近く遠く読みとった起伏の
無数の生滅もまた視野深く抱えて
穿ち視る無窮の淵にその遥けさを注ぐ

響き残して

山肌の緑を掠《かす》めて
貫き透る一瞬の声音であった
跡曳き籠る谷底辺り
抱え去る足許の僅かなぬくもり

副《そ》い充ちる一瞬の羽搏き
音高く翔け抜けた小ぶとりな鳥
生壱《ひと》つしかと捉え摑んで
絶え々々の息を共連れ運ぶ

灯し残る名残の生の
塞ぎ閉ざされた空の往路の
募り籠る末期の抗い
抱え往く宙空の暫しの生命《いのち》

足音

　とどまったままの時間を引き寄せる日　道行の途上でそれは感知し得たか　流れと共に在る生の　時を止めるのは人の読みとる心であったか　自らの歩みの感知のふいに呼びとる一点の傾き　そのひとときを手探る日がある　錯覚の如く　内なる自己の　揺るがぬ拠点を引き寄せる道行　それは位置を持っていたろうか　他をも弾き　或は摑みとる成り行きの　錯覚とも云える　ひと筋の流れに拠った行路のむこう　ふと摑む生の拠点　在るか無きかの絆を踏んで　ひとは新しい世界を手繰る　生の行方の脆さを手繰る

潜み繋ぐ絆を探し求めた幾日か　無限の途上に位置持つ一刻　自ら

の踏む生の重さを読みとっていたろうか　遥かに行き伸びる　不確かな一本の道を目にした　生の不可思議　永遠の不可思議　遠いその果てを呼ぶ如き　拘わりの無限をも手探る生の　その瞬時の火花の在り処《か》　保ち放った抱え持つ重さ　満ち寄せる水面を滑り降りる　それは更に不明の深みを呼びとる位置でもあったか　其処に抱えた途方もない奥行もまた　顕われ視える生の間を　踏み込み進む途上の足音

背にあるのは

空漠を背負っていまがある
かなしみがある
つながった無限の彼方を引き寄せている
足許を支えた独りの
着地の姿の
積み下ろした生の
運び込む荷重のいくつか

生がほそぼそと歩む
掬いとる足許の支えの

生の危ぶむ心の旅路の
意志は奈辺にあったか
道行の如く右顧左眄《うこさべん》する心を
錯覚のように重ねてゆく生
ほろほろとこぼしていたのは

生の亡骸を刻み落とした
気付かぬ不昧《まい》の灯
満ちてゆく心底を照らしていたのか
渇望を洗っていたのか
共連れた生の
亡霊のような眼光の在りかの
今更の如く浮き上がる俯瞰図がある
汲みつくした生成の道行をなぞる

亡骸を背負った人の歩みの
放ち去った生成の日の
満ち満ちた心底の重さだけが
頭上に漂っている
呼び戻した中空の
今更のように漂い残る軽みを手探っている

乾いた道で

うつむいて過ぎる人影
走り去る甲高い声
とりどりに響いて消えた
夫々が陽射しをこぼし重ねた

行き戻る無聊《ぶりょう》の
選ぶ術もない混沌の
果て見えぬその行方に
呼ばわり放つ胸内の声

揺さぶり置いて訥々《とつとつ》と往った
底響く声の在所
籠り棲む想いをも宥《なだ》めていたか
骨太の青い心が遠のき弾む

手探る日

ひと日の定着を試みている
戻らぬ時間を追って
刻々を紡《つむ》いだ道のいくつか
上向く心も直《じか》な目線の行方をも見定めていた

囲いこみとりまくいくつかの足音
訪れ塞ぐ乱調の呼気もまた
道行の歩足を跡づけていたか
副《そ》い歩むとめどない思惑の足許

心の道程に交わしていたのは
生の重さであったか
思考の襞《ひだ》を往く軽やかな清水であったか
含み沿う速さに点じて生が流れる

交わしあういくつもの折節
行き戻る足音を引き寄せ
照らし観た限りある時の間の
共々に音たて踏み識《しる》してゆく生の行方

ひと日の刻々に落ちた足音
細い径路《みち》を手探っていた
流れ去る心の　残らぬ影の
時の間を踏みとった姿態《すがた》夫々

抗する道もまた展き伸びたか
秘話の如くこぼし歩んだその径《みち》
点り沿う心眼の歩みの
内深い慟哭《どうこく》を伴い揺れる生成の在りか

波打つものが

降り積もる時間の幾枚か
暮れ残るその道行に
証のように舞い霞む生の片鱗を見ている
閑《しず》かに積んだ独りの心の
諸々の副《そ》い登る来し方
生成はなお関わりの奥行をも呼び戻したか
しだいに遠のきこぼれるその道に
出没する更なる営みの弾み

果て遠い地にも生成の日の立ち昇る心を

とりとめもなく巻きとっていた
ふつふつと往く渦の在りか
その激しさを呼びとってゆく
いまもなお野放図に位置して
鼓舞する如く時を奏でた
定め知らず展いたその道行に
散乱していた渦のいくつか

定まり結んで澄み透る心を連ねて
人は奈辺をさまようていたろう
呼び戻した遠い時間の
踏み結んだ独りの軌跡の
点々と這い伸びるその先端《さき》
途方もない出口の辺り
共連れた胸内がほつほつと沈む

現在《いま》もなお生は引き寄せるものであったか

ふいの畢《おわ》りに立ち会うその日
捥《も》ぎとって放ち去る心の掟
浪々と往き積む歩幅を手探る辺り
時の海をかき分けていたのは
弾み包む生成の日の
思わぬ彼方を引き寄せる力《ちから》の
犇き騒ぐ生の内奥《うちら》
堕ちのびてなお往く路で紡ぎ継ぐ姿が浮かぶ

心の庭で

切先の行く手にずいと伸ばした
生の抱え持つ重さの
刃物となってゆく心の
分かたぬ位置に居並び据わって
載りとり秘める諸々
日を次いでそれら秘し燈《とも》る道行
掠めとったひとつの路の彼方の
そのないまぜた幾つかを呼びとっている
内側《うちら》に沈む負の独つ

顕われ視えず潜み残ったその位置
手探り繋ぐ何時の日かの時刻《とき》
その示し持つ絆の揺れ幅を聴きとっている
心の庭にこぼし残した丈ある思いの
生の揺れ幅は踏みとっていたか
ゆくりなく行き交《ま》じる歩幅の示す内奥《うちら》
呼び戻す個の秘かな声の在所

奈辺を彷《さまよ》っていたろう
往く径に落とした想いの夫々
ひとつの生の相見る出遇い
骨太い訪《おとな》いの道行

抱えたままに閉ざし又開く心の
触れ過ぎ往く無数の触手

波となって打ち寄せる生の真中
襞深い海面《うみも》を沈んだ刃《やいば》の夫々

刻々に積み並び定まる位置の
浪立つ面《おもて》を往く独りの思惟《おもい》
いつか沈みつくして伸び亙《わた》る海底
呼びとり晋《すす》んだ生の帷

途方もなく伸び継ぐ径行のいくつか
茫々の果てを手探り寄せたろうか
拡がりつくしたその尖端《さき》　届き視る独りの
摑みとった在所の秘める個の内の性質《さが》

往き晋《すす》む心意《こころ》は

心独つ弾け往く日の
手探り残して踏みとる生共々
内域《うち》を往く声の歩み　其処生は
手探りとるものであったか
出遇いの幾つか　踏みとり覗《のぞ》んだ
妙なるその機　独つの径の出遇いの辺り
生は共々に捉え含んでいたろうか

未だ見ぬ経路の夫々
副《そ》い晋《すす》む個の歩幅独つ

横並び爲し往く独つびとつ
抱き持つ其処　個に副う歩幅夫々
現在《いま》も何処かに置かれているか
透かし視て余り残す生の一刻
残影を抱き継ぐ歩み独つ

共連れて更に尚兆す心の経路《みち》の
横並び歩み成す生成の行方
個に副うて抱き持った生の歩幅の
透かし見定めて灯し残す生の一刻
更に尚残影を抱き歩む其処径往《ゆ》き夫々
歩みとる個の内域《うち》夫々は刻みとれたか
生独つ抱き持つ歩幅の夫々

成し往く生命《いのち》の　踏みとる起伏の

独つの生の響き爲す足音
夫々の何時か抱きとる不明のその径
個の爲し往く無数の起伏
塞ぎ視る径往き幾つ
霞《かすむ》み揺れる踏み跡も亦
晋みとるなべての不明を掬う生成の径往き

生成の宿から

呼び戻すのだったか
生の歩みのひと日
拡がり外れて向かう心の果ての
途方もない飛距離の行方《ゆくえ》

生とは
含み持つ心とは
夫々の内を行き交う絆の影の
潮の如く深まり積もる道行の彼方

識《しる》し連なる生命《いのち》の発露
潮だまりの如き　たむろしていたその位置
共々に捉えるそれ等飛距離
許し残って踏みとっていた生の足下《そっか》

意志の向こう　無防備のままに
旅立ちを試み寄せてゆく胸内夫々
陰り持つ心の領域《うち》の　それ等生成の間《はざま》で
閉ざし秘した未だ昏い世界を垣間見ていた

晋《すす》み燈す足許辺り
とどまる心をも共々に手探ったろうか
なぞり寄せる個の　更になお覗き視たその幅
捉え　辿りとったゆくりないひと日の在処《ありか》

*

位置持つ生に

何処へ流れていたろう
徴《しるし》兆した心情《こころ》の諸々
帯びとった無数の生の行く先方《さき》
踏み晋《すす》む時刻《とき》の幾つか
迷い継ぐ胸内独つびとつ
幾重かを霞み残す一本の道行

激しい歩幅を灯して消えた
点描である証を辿る
結びとって識《しる》しとる地の上

加え歩んだ個の幾許か
引き寄せ計るその彼方で
途方もなく延び次ぐ更なる徴《しるし》

丈なして重なる惟《おも》いを籠らせ
彷徨い歩いた折々の足許
連なって踏みとる行手夫々
尖《さき》遠く交わし視る命《いのち》の姿の
横並び嵩なす独つびとつ
外し取り出せぬ心の在所

歩み晋んで驗《ため》し残る胸内独つ
個に副《そ》うて抱え持ったその歩幅は
現在《いま》も何処かに置かれているか
共連れて更になお兆す心の幅の

透かし見定めて　灯り残った生の一刻
晋み持つその残影を抱き継ぐ歩みの独つ

位置独つ

とどまり残る一個の姿態《すがた》の
往き過ぎる目前の形象《かたち》夫々
想いを重ねとる生の場も亦
夫々の繋ぎ結ぶ生命《いのち》の行方
生は猶《なお》照らし視るものであったか

沈み爲す刻々の生命の　個の徴す重さの
無数の径に沈む密《ひそ》かな叫び
幅示し成す生命《いのち》は誰のものであったろう
個の内域《うち》を往く不確かな歩幅の夫々

叫び持つ共々の声の在り処《か》

據《よ》り立つ生の定めない夫々の視点《め》の
描き往きとる姿の在り処
生命《いのち》は共々に支えとっていたか
果て見えぬ無数の生の叫び
こぼれて猶晋《すす》み往きとる地の上の在り処

生命《いのち》独つ

哀しみのつづれ織りを掲げる一個の生。夫々の生命《いのち》の位置。証し見定めて往きとる生命《いのち》の重さ。成し晋《すす》む夫々の、生の究極。

径きとる個に副《そ》う生のその位置。心底の場の夫々。とどき視る自らの距離を見透す、生命《いのち》の経路《みち》の往き持つ踏み土の脆《もろ》さも亦。ほつほつと拾う籠った想い幾つ。見定め残す生成夫々。生命《いのち》は尚、掘り晋んでいたか。籠り残った生のその域。

成し往く生は、現在《いま》もはみ出し往くか。ふつつかに過ぎとる時刻《とき》の、夫々の生命《いのち》の径往き。揺《ゆ》れ成す生は其処に視えるか。共々に往く一刻の生命《いのち》の径往き。遠のき定まる位置独つ。

径行き独つ

佇み残す独りの
心は密かに歩み始める
生の基《もとい》の胸内深く
ゆるりと位置変え
操る如く幅広の顔面《かお》を見せる
何時の日か曳かれ彷徨《さまよ》う体躯

展《ひろ》がり副《そ》うた地平辺り
ふと返り残る心底を彷徨い踏むのか
籠りとる生の在り処《か》

重ね積みふくらむ心を
副い鎮めてゆく折々
託した生の叫びも笑劇もまた

行き過ぎてなお紛れ残った
結ぼれ糾《あざな》う絆の印影《しるし》
生の基《もとい》はそも独りのものであったか
絡み竦んで遠のいた其処此処
しかと位置する名残の足踏み
共連れて更になお立地する生成の意志

淵に立つ日

生の基《もとい》　其処に成す想い
何時か膨らみ底這うその域
生は自在を辿っていたか
曲折含んだ行く手の夫々
逸《そ》れ晋《すす》んで猶交わし届く心幾つ
燈し視た僅かな隙間で
放ち流れる独りの心意《こころ》の
生命《いのち》は何処に点じていたろう

足早に過ぎる心底の路に

支え残る音信幾つ
行手の途上で色彩《いろ》を重ねた
生命《いのち》独つ　何処に墜ちて往ったか
重ねとる生成の　底這うその力《ちから》の
弾み晋む在り処《か》も亦
手探るもののその姿の多様の
潜み為す無数のその位置

心底の印を携え残して
生の行く手を踏みとる一刻
含みとった生命《いのち》の夫々
重ね持った生成の秘め持つ域の
弾み晋《すす》む在り処《か》も亦
手探るものの其処姿態《すがた》の多様の
籠りとる無数のその位置

何時か膨らみ備える心底の辺り

流れ　過ぎ往く時を視ている
捉え残して放った印の辺り
生の行く手に重ねるその色彩《いろ》も亦
生命《いのち》は何処に墜ちていたろう
底這う生成の野太い視界の
弾み届けるなべての在り処
行き交う絶え間ない心意《こころ》の路の
定めない不可思議をも敷くその位置幾つ

仰向く日

天空の位置を手探っている
識《しる》しとった径のひとつ
その定めない遥か行方に
呼ばわる心を曳き寄せてゆく
独りの襞内は揺れなおしていたか
更になお灯り残ったその在所

基《もとい》の生はいまも共連れているか
道筋近くふかぶかと呼びとった
秘め持ち残る始終のいくつか

さやかでない振幅示すその尖《さき》
共々に流れ去る心の証
漂い残って交わし触れる幾つもの果て

ある日招き寄せる惟《おも》いの種々《くさぐさ》
共々に残した或る日の独つ
識した刻《とき》はいまも滴り灯る
ふいに開く惟いを臨み視ている
関わり刻んで遠のく夫々
副《そ》い尖《さき》走った　限り持つ生命《いのち》を曳き寄せている

臨み視る日

昇り燈す惟《おも》いの幾つか
高々と横切り
佇み残す胸内独つ
晋《すす》みとって居並んだ生の来歴
足早やに過ぎ越すとめどない夫々
独つの背に負う秘境の刻も手探っていたか
なお佇ち残る底深い淵
如何程の道程《みち》を踏みとっていたろう
竦み立ち秘し持った心の震え
陥穽を読み視た定めない刻《とき》の幾つか

現在《いま》もなお彷徨《さまよ》い残る茫々の拡がり
辿り踏んで臨んだ心意《こころ》の往く手
副《そ》い含み竦み立つ生のその果て
茫と霞む一個の終焉を引き寄せ臨む

抱え持つ日

細鳴る寂しさの現在《いま》も添う位置
内なる空洞幾つ
心域《こころ》独つを吹き抜ける風韻《かぜ》の
抱え持つ夫々の　予期せぬ無数の拡がり

閉じ持った心意《こころ》独つびとつ
呼びとる共々の機は何処に在ったか
縁どり抱きとる其処　洞穴の巷
生は尚呼びとってゆくのであったか

招き寄せ位置示す内なるその声
砦の如き其処　風韻の在り処《か》
燈し視る夫々　頂《いただき》の一角
心底に定め捉える立ち位置も亦

砦独つ踏み越えてゆく心意《こころ》の径を
共連れて呼び爲す生命《いのち》の流れ
晋《すす》み燈した無数の営みも夫々
伝え継ぐ其処　細い径往き

生は猶捉え視るものであったか
成し往く径の　営みの像の幾多
無数の終始を辿りとる日
軸を成す生の心域《こころ》も揃っていたか

生命《いのち》は誰のものであったろう
生成の無数を披《ひら》き視ている
織り成す個の不可思議の歩みの夫々
点した基《もとい》の　深意《こころ》の機微の様《さま》成す辺り

共々に歩みとる日を
猶競い晋む生の径であったか
姿態《すがた》示す営み夫々の　爲しとる憶《おも》い
無数の不可思議の晋み往く生成の径

呼びとる日

過ぎてゆく時刻《とき》を視ている
成り行き独つ目前を往く日の
放ち去る言葉の終始の
生とは　心とは
未だ個を放ち得ぬ声であったか
沿い放つ独つの歩みの
掬いとった掌《て》の上にかざす丈幅

移し述べる生の心の
秘して測り得ぬ奥行

かけら幾つがこぼれ去っていたろう
晋《すす》み惑うそれ等生成の足許
とどめ持ち足踏む心をも引き寄せていた
更になお重ね継ぐ道行の
虚心の幾つかも引き寄せていたか

彷徨い歩いた折々の足許
いちどきに戻し並んだ場夫々
手探り残した霧散の域の辺り
沈みつくし去り消えた幾つか
灯してなお渡り得ぬ心情《こころ》も共々に
立ち戻る一点を見定めてゆく日
幾つもの虚も亦引き寄せている

重ねきた無数の或る日の

生の錘の耐え難い足踏みさえも
背負い流して細々と歩んだ
思いの外に積み越す割高い重み
繋ぎ渡す歩みの心とは
定めなく彷徨い歩く足許の
更になおとどまって冠りとる重さの在り処《か》

踏みとる日

ひたひたと副《そ》う足音がある
渚の一線を歩む生の
棲み残す人の命が
沈もる心の昏い空を牽《ひ》き寄せ
抱え持った定めない思いを馳せ
分かち得ぬ空の無限を手探ってゆく日

独りの奥行は覗き視えたか
吹きだまる生のいくつものかけらを
組み急ぐ忙殺の巷で

手探り重ね　払拭してゆく心の
底響く水音を聴きとっている
掬いとった哀しみの流れは何処迄往ったか
生はいまも拡がる海を抱える
浪々と湛《たた》え持つ分かたぬ心を潜ませている
計り得ぬ径を歩む独りの
拓き残したその行方
見遥かす彼方の旅程に
連なる果ての深まる底砂を嚙んでいたのは

さらさらとこぼれる脆さを踏んで
立ち停まった傾きの途次に
添い連れるゆくりない心の
放ち臨む祭典を見定めていた
胸内の節々が居並んでいる

揃い弾み祭りに向かういくつもの歩み

いまも膨々と披《ひら》き積む海の
証《しるし》となって共曳く渚の
見遥かす無限を引き寄せ歩む孤影
それは閉ざすものであったか
広さを限り視るものであったか
見果てぬ行方の極みに竦み立つ背がある

踏みとれぬ底砂をなお手探っていたか
野放図に居並び点す諸々の生
呼びあうはかなさに触れあう如き
注ぎつくした海底の　密かな深さに副い臨む日
生の保ち持つ更なる心を引き寄せてゆく
進み急ぐ途方もない深まりだけが其処に在る

流転の足音

とどめ残る憶《おも》い独つ
未だ心の尖《さき》を往き戻っているか
生を為《な》す想いの立ち残るその径
独りの　共々に歩みとる姿の
自らの前方《さき》を繙《ひもと》く行く手
激しさも往き惑う心も亦引き寄せていたか

哀しみは誰のものであったろう
共々に成り往く生成の歩幅を
何処迄手探っていたのか

生の行く手　朧《おぼろ》な心の駆け跡
霞み紛れて尖《さき》見ぬ其処
足許独つ踏みとる一刻

黙していたか　関わり視た生の道行
戻らぬ迷いを紡ぎとる生成の座
哀しみ独つ往き戻るその径路《みち》
生とは　揺れる心の歩みであったか
独りの踏みとる影成す辺り
径夫々　録《しる》して漂い残す生の息吹

我が心は何処に在ったろう
預け持つ生成の　居並び成り往く独つの
曝《さら》し残す営みの位置のその無数
辿りとる経路《みち》の夫々

位置するものは捉えきれていたか
途方もない心境《こころ》の往き交う道径き幾つ

足早に流れ遠のく時の間の
心独つ定め視えたか
敷き持つ無機の参道の行方幾つ
含みとる生の心意《おもい》も亦
現在《いま》も独りの径に副《そ》い残っているか
心意《こころ》包む絆の猶揺れ騒ぐ歩幅の辺り

含みとるのは

往き交う思惑を引き寄せ去った　独つの想いをとどめる生命《いのち》独つ。夫々に確かめ晋《すす》む生成の域。

思念の内の人志の径往き。広がり灯す個の位置も亦。人は何処に立っていたか。歩みとどめてふと覗き視る一個の視野。眺め視る共々の生幾つ。生を彩る機を縫う生命《いのち》の終始。その経往きの無数。自らの生のとどまり残るその位置。予期せぬ場をも踏みとる一個の往き跡。片寄せ積む生の径往き。創り積むひと日を延べ晒して繋ぎとる生の日。散り残った夫々の踏み跡。誰のものであったか。

生命《いのち》抱える一個の錯綜の歩み。

何時《いつ》の日か　遠のき灯る生の声夫々。生命《いのち》は何処を彷徨《さまよ》っていたろう。足元《もと》独つ定め得ぬ生の日の道往き夫々。定めとるその無数の位置の夫々。生命《いのち》は何処を晋んでいたろう。示し成す自らの位置の夫々。こぼれ往く野の無数。呼びとり留《とど》め視る地の上の無数を　位置爲し消えた在り処《か》夫々。

往きとる星数幾つ。積み成す生は何処に置いたか。生成の日時を点じ交わす宙空の域　想いは現在《いま》も去り往くものであったか。受け持つ生成の結びの共々に語り成す生の場。静かに降り積む生命《いのち》であったか。呼び爲す声の吹き抜ける五月。尚澄み往く空域《そら》の行く手。

揺れ成す生命《いのち》の踏み跡夫々。誰が想い視たろう。閉じ持つ生の基《もとい》の往く径。現在《いま》も副《そ》い晋む生成の径。柱独つこぼれ拾う線条幾つ。生は尚支え晋むものであったか。孤影独つ往き爲す径往き。歩幅夫々生命《いのち》の無数を拾い歩む様成す街の一本の径往き。緑葉揺れる五月の雲影を見ぬ街の径往き。窓辺に見る捜花夫々。時の間を語り継ぐ生の姿態《すがた》も亦。囲みとる生命《いのち》は誰のものであったろう。ひと時のしなやかな姿のこぼれ成す生成の気。共々に浮き運ぶ生であったか。副い視る人間《ひと》の含み持つ祈り夫々。窓辺を彩る生成の域。黙して尚、振りこぼれる生成の声。

呼吸《いき》する刻《とき》

時間が其処で呼吸していた
私の時間であった
孤りの踏みとる生の音を聴いている
地の上の何処であったか
生と死を録《しる》す軌跡の無数の
果て見えぬ時刻の
着地する一点の在所

或日ふいと取り囲んでゆくのは
重なってゆく音の行方は

響き積んだ生命《いのち》の斜面を
駆け昇っていたのか　降っていたのか
生けるものの心を転がしてゆくのか

生の重みを受けとっていたか
行き交じる空の気圏を
ひたすらに個は掌に受け
とめどもない時刻を探る
天空を探る
昇華してゆく誰彼の心を探る
如何程《いかほど》の重さであったたか

一人《ひとり》と一人の対峙を
底知れぬ深みに副《そ》えて覗き視ている
其処に連なる生の奥行

一瞬を閉じる冷たい足音が去り
生命《いのち》の波音が消え

茫々と往く海水《うみ》や空をひたすらに駆け
いつか刻みとる生の果敢無《はかな》さだけを残した
対峙した一点は何処に消えたか
凝らした視力《め》の奥底をゆっくりと去り
生命《いのち》の炎《ほむら》がふいと横切ってゆく時刻《とき》
まつわる生きもの達の濡れそぼつ哀しみさえも
もはや何処にも無い
心含む生を失い葬ってゆく滅びの
消えてゆく胸内の追慕にも似て
音たてて急き馳せる追憶を踏んだ
いのちの祭り
描きとった華やぎの骸《むくろ》

踏みとり馳せる遍歴の歩幅に
独りの眼光《め》が対峙している
立ち残る足裏の心急く想いの
辿りとる飛距離を測り視ている
ざわめく華やぎも墜ちてゆく日の心魂《こころ》も
洩れこぼしていた生の隙間
それらがふいと浮き上がる日は何時

旅路

ひかりを視る
そのはげしさを視る
降り注ぐのは
定かならぬその足跡は
しだいに浮き上がってくる
いちめんの折々は
視えてくる彼方の拡《ひろ》がりは

人の眼の吸いとってゆく
生命《いのち》も

物の翳りも
見定めて更に踏みこみ探るひとつの歩足
ひかりの底を歩んで
導く如く誘われてゆくその道筋の
結ぼれるいくつもの顛末《てんまつ》の
生の道行に副《そ》う心の旅路

ふかぶかと沈む軌跡の
かすかな着地の
告げかねる逍遥の足どり
奈辺を辿っていたか
心の棲家に沁み入る諸々を点じて
黙してなお遥かに届く躍動の地
いまもなお指呼《しこ》し見据える如き
去り馳せるひと日の在りか

ひとつの経路《みち》が

宙を踏む自己を確かめていたのか　目の届く足許の辺り　経路《みち》往く己が心を覧《み》る日　繰返すひと足の関わる生　路上の奈辺かの　ひとつの生の始まりと畢《お》わりの　刻む時間を拾って共連れる姿を点綴《てんてい》していた　無限を引き寄せる如き歩みを　足踏む時の間を繋ぎ伝えた　数多《あまた》の生の居並ぶ　ゆくりない空への経路《みち》で　立ち上がる上向いた心の踏み込むひと足の　籠り持つ歩幅は　幾時を重ねていたのか　消え去る定めを　何処かで密かに呼び戻して　人は生を繋ぐ

まばゆさも濡れそぼつ心も　結んだ掌をはみ出す如く其処に在る更なる拡がりを求めた　奮い立ち歩み添う　無防備な生の姿も共々に

添い連れる日　伴い積んだ故もない重みも　共々に受けとめていた我が生の時刻もまた　対い視てひたと囲いこむ一枚の道行

　降りしきる雨と共にある路上を踏んでゆく日も　昇る陽を軽やかに浴びる日も　それは一枚の図柄の　ある位置となって向かい佇《た》ち　定まってゆくのか　飛翔する独りの心の　纏《まと》いつく足許の弛《ゆる》みの辺り誰も誰も抱く　もどかしい俯瞰の図柄を提げ持っていた　垣間見た僅かな生の隙間　その途方もなく拡がる心をひき連れ　寄り添う時刻の了《おわ》りを凝視《みつ》めた

　背を押すものは　重層した何かを見定めるように　思い極めて首伸ばすある日の　内向きに蓄えて手探る眼が　掟のように行き留まる生　束の間を呼びとる生成の面差し　出没する波濤《はとう》となって呼びあう呟きのしなう心が見え匿《かく》れする生の蔵内　心を摑んで振りかざす　それら足引く生の　高々と放ち呼ぶ声　ほの暗い蔵内を覗き視る人の

鈍い視力が訥々《とつとつ》と往き迷妄となって辺りを囲う　生の道行を囲う　それら厚みをかき分けている　ゆくりない時刻《とき》の帷《とばり》

解説　鳥巣郁美詩集『時刻《とき》の帷《とばり》』
時空を内側から宇宙的視野でつかみとる個の思いのつながり

佐相　憲一

二〇一二年六月に刊行された『鳥巣郁美詩選集一四二篇』収録の解説「生の動きを見つめて引き寄せる複眼の詩人」で、わたしは次のように述べた。

〈そこには、「世界」と呼んでいい広大で微細な生の動きの凝視があり、それと結びついた、あるいは二重写しになった思念の問いかけがある。すべては動いているのであり、生の輝きもはかなさも影の静寂も、人間の歴史も個人の人生も、詩人がとらえる実相の奥で深められる。詩句の連なりは独自の美しさをもち、流れるようでいて、冷静さを失わない透徹した批評性があり、それでいて、抑制された抒情が内省の声を伝えている。

そのような鳥巣郁美さんの詩世界は、複雑さと混沌の度を増す現代社会において、大切なものを伝えてくれる。

空間にある万物とおのれの心をはじめ、時間の動きさえ見つめることが可能だと感じさせてくれるその詩世界は、生きるということを粘り強く描いてきた。ここにはさまざまな生の動きが自らに引き寄せる形で濃密に表現されている。〉

その詩選集には、一九五九年刊行の第一詩集『距離』から、二〇一〇年刊行の第一一詩集『浅春の途』および詩集未収録作品まで、実に五〇年以上に及ぶ詩作の成果から厳選された一四二篇の詩が収録された。歳月と共にさまざまなテーマに接し、変化していく詩世界は、その根底にある一貫性をもって、先の解説で述べたようなすぐれた特長を示してきたのである。

その後も詩人は書き続け、西宮文芸誌「表情」及び「コールサック」誌に発表したこの六年間の詩群は、いよいよ宇宙的なところにまで精神を飛翔させながら、生の歩みを振り返り、内的世界と外部世界が絡み合うところにポエジーを結晶させた。その集大成が、最新詩集『時刻《とき》の帷《とばり》』である。

今年八八歳になる詩人の透徹した詩の眼が織りなす存在論的作品世界。この四五篇を味わっていただきたい。

詩集冒頭の作品「日暮れの帷《とばり》」を全篇引用しよう。

日暮れの帷《とばり》

夜がくる
しずかに降ってやってくる
落とした心の
地がいくつかの重みを受けとめる時
薄闇がしだいにその色を深める

いくつの生をなぞっていたろう
闇に沈んだひとつひとつ
胸内に湛《たた》えた量感の
ふと往き過ぎた人々の
振り落とした思惟の片鱗

生を短く刻んで
人は途方もない距離を乗せる
その瞬時を無数にこぼした
人の歩みの不可思議が積もる
日暮れの径は呼びとった生の心を敷きつめている

誰も誰も黙して向かい立つ
薄闇の包むひととき
いつか踏み越えた位置から
闇を背負ったままに
ほの見える光の下に吸いとられてゆく

踏み音たてていた生の
片足をふと預けて
とりまく薄暮のむこうを透かす

足早に積もる闇の無数を湛えて
ひとつの心を連れ去ってゆく日暮の帷《とばり》

時空を内側から宇宙的視野でつかみとる個の思いのつながり。〈日暮れの径は呼びとった生の心を敷きつめている〉という深みで、いくつもの心が大地の重みとなって夜のとばりの向こうへ回転する。その〈途方もない距離〉と〈瞬時〉の光。〈胸内に湛《たた》えた量感の／ふと往き過ぎた人々の／振り落とした思惟の片鱗〉を感受する詩人が、来し方を掘り下げ見つめる、生の時空。

とばりが降りることを受けとめることで、薄闇にすべての時間と季節が再生していく精神を、第一章の作品群は丁寧にすくいあげていく。問いかけながら、振り返りながら、展望しながら、深められた夜は、新しい朝につながり昼につながり、午後から夜へ、風物を通した複眼は、やがて季節の時間へとスライドしていくのだ。

詩「豪快な桜花に」はそのタイトルからもうかがわれるように、古来無数に描かれてきた桜のニュアンスとも結びつつ、感じとり方に作者独特の宇宙的かつ哲学的なダイナミズムと繊細さを感じさせる。紙面の都合で詩句の引用は省くが、特に光る作品と言えよう。

淡々と語り続ける人生の思いと人の心の結びつきは、桜咲く第一章の終わりを第二章の対話へとつなぐ。

人びとと共にしてきた歳月と空間の中で、他者と自己の移りゆく回想を宇宙の中に置く。戦争があった、生活があった、仕事があった、人生の同伴者がいた、巣立ちがあった、夢があった。そうして、いまも兵庫県西宮市の仁川《にがわ》というまちで、人びととの関係性の中に、独立した精神をもって暮らす詩人。現象界に吹く風に、心は広大なところで繊細な実感を得る。

日々、波打ち生成するものを硬質な詩の言葉で刻印し、詩集は第三章へすすむ。今度は立ち位置の確認だ。生命連関の絆の宇宙を生きながら、その基礎として詩人が大事にする個の独立性は、すべてを自らに問いかける真摯な姿勢となって活きている。ここでも、常に動いているものが詩に感じられて能動的だ。「淵に立つ日」「仰向く日」「臨み視る日」「抱え持つ日」「呼びとる日」「踏みとる日」と続く「日」シリーズには、タイトルを並べるだけでも作者の哲理が感じられる。第一章の「塀外を往く日」、第二章の「渚に立つ日」「仁川《にがわ》に沿う日」「手探る日」とあわせて計一〇篇の「日」シリーズ詩群。夜のとばりや四季折々の心と共に、また個と類の存在論詩群などと共に、この詩集の多面的な魅力のひとつだ。

終盤の詩「呼吸《いき》する刻《とき》」では、はかない生死の無常観をもちながら、同時にそのはかなさを尊さに変換するための、時空の呼吸と存在対峙の奥行きの詩想を獲得している。

こうして最新詩集は最後の二篇「旅路」「ひとつの経路《みち》が」へたどり着く。印象深い詩句を引用しよう。

〈人の眼の吸いとってゆく／生命《いのち》も／物の翳りも／見定めて更に踏みこみ探るひとつの歩足／ひかりの底を歩んで〉（「旅路」より）

〈束の間を呼びとる生成の面差し　出没する波濤《はとう》となって呼びあう　呟

きのしなう心が見え匿《かく》れする生の蔵内　心を摑んで振りかざす　それら足
引く生の　高々と放ち呼ぶ声　ほの暗い蔵内を覗き視る人の　鈍い視力が
訥々《とつとつ》と往き迷妄となって辺りを囲う　生の道行を囲う　それら厚みをかき
分けている　ゆくりない時刻《とき》の帷《とばり》〉（「ひとつの経路《みち》が」より）

繫がれた生の舞台で、波打ちながら見つめられる内側と外側。存在の深淵を凝視して詩人が到達した視野は、薄闇のとばりの向こうの宇宙。消え去るような頼りなさを胸に抱えながら、確実に残されるものへの息づかいが聴こえる。

詩を書くことが、よりよく生きること、あるいは深く生きることであるならば、鳥巣郁美さんの詩業はまさにその体現であろう。そして、この最新詩集に実った詩想は、いまを生きるひとりひとりの実存の根幹に、大切なものを伝えるだろう。

鳥巣　郁美（とす　いくみ）略歴

一九三〇年　広島県生まれ
一九五二年　広島女子高等師範学校理科卒業
　　　　　　大阪信愛女学院に一年勤務
一九五三年〜一九八四年　大阪市立中学校に勤務
一九五九年　詩集『距離』文童社
一九六一年　詩集『時の記憶』昭森社
一九六二年　詩集『原型』昭森社（五月）
　　　　　　詩集『影絵』昭森社（十二月）
一九六七年　詩集『春の容器』天秤発行所
一九七五年　詩集『背中を』天秤発行所
一九九三年　詩集『灯影』編集工房ノア

一九九四年　詩集『埴輪の目』編集工房ノア（兵庫県半どんの会現代芸術賞）
一九九九年　詩集『日没の稜線』編集工房ノア
二〇〇三年　詩集『冬芽』編集工房ノア
二〇〇九年　詩論・エッセイ集『思索の小径』コールサック社
二〇一〇年　詩集『浅春の途』コールサック社
二〇一二年『鳥巣郁美詩選集一四二篇』コールサック社
二〇一八年　詩集『時刻《とき》の帷《とばり》』コールサック社

所　属　西宮文芸誌「表情」、「コールサック」
日本現代詩人会、兵庫県現代詩協会各会員

現住所　〒662-0811
兵庫県西宮市仁川町2-9-38

石炭袋

鳥巣郁美詩集『時刻《とき》の帷《とばり》』

2018年3月20日　初版発行
著　者　鳥巣　郁美
編　集　佐相　憲一
発行者　鈴木比佐雄

発行所　株式会社 コールサック社
〒173-0004　東京都板橋区板橋2-63-4-209
電話 03-5944-3258　FAX 03-5944-3238
suzuki@coal-sack.com　http://www.coal-sack.com
郵便振替　00180-4-741802
印刷管理　(株) コールサック社　製作部

＊装丁　奥川はるみ

落丁本・乱丁本はお取り替えいたします。
ISBN978-4-86435-331-1　C1092　￥2000E